秋·枫叶·爱

王文武◎著

三辰影库音像出版社

梦或者断面（代序）

1

因为，因为……

因为持续七天的高烧不退

七夜的彻夜失眠

我已经失去完整表达的功能

所以，所以……

只能在梦或者不规则的断面上

追寻过往

梦，多是风的形态

而有些梦却是帷帐，挥之不去

时而莺飞草长　时而潮落潮涨

几近凝固的血　在梦中点燃

像风中的火

扑向东西南北

烧遍春夏秋冬

几次，记不清有多少次

拖着飞机尾部的浓烟

恨不能像子弹一样射出自己

划出一条属于自我的痕迹

哪怕瞬间变成一粒尘埃

或者一束射线 一尾蝌蚪

于是，于是我索性不眠

挑上一担时间

躲在拐角 把梦点燃

2

如果，如果你不反对的话

我们这就开始 好吗？

对不起，我怎么情不自禁地

使用了"我们"！不过

请放心，这没有太多并肩作战的成分

只是在接下来的述说中

可能有你的影子

一半相对于另一半

如果没有阴阳 凹凸 抑或太极的形态

一半永远只是一半

一半是海水 一半是火焰

一半是实 一半总归于虚无

3

回忆总是油腻腻的

因为有油，难免会发生意外

燃烧

城门失火殃及池鱼

不过，我只身一人

在孤岛上

烧伤的只是尘埃

时间、地点、人物、事件

小学写作文时，卷起裤腿的语文老师

反复强调这样写好记叙文

上了中学，读了《红楼梦》

知道了小说需要冲突 需要高潮

所以，在我失眠的日子里

写过或长或短的故事

无须扬鞭　无须策马

把一只羊两只羊三只羊……

放养在枕边

舔舐着我干瘪的头颅

那些缓慢渗出的血

像一夜饱满的麦子　有时

冒出一丝丝甘醇或生动

关于麦子

海子的至爱

海子是我同乡

我坐过的课桌上还刻有他的名字

他爱麦子　爱得死去活来

尽管在他之后还有人说

"我爱麦子"

做着诗人的梦

但没人能够超越这个疯子

我做不成疯子

未来可能是个瘫子

左边能动 右边不能动

能动就能感觉到痛

痛，对于健康的人

可能是一种痛苦

但，于我这种不健康的人

也许是一种慰藉

我要趁着痛感还在的时候

把痛的本意吃透

或者连根拔起

烤制出土豆、花生、馒头

供奉在某年的某个地方

4

"树的心事，被海水染蓝。"
读这样的句子，让我一次次想到
巴金的"海"和船舷边的女人

"一种避难所，在那里都能过上田园牧歌的生活。"

英国诗人丁尼生浪漫了孤独

孤独到底是什么？

孤独本质上是一种病

"生于悲剧或止于神话。"

躺在阴冷的木板上，我又想起古希腊

正准备寻找某种意义上的构建

你被风吹散的黑发

轻抚得大地发出战栗的声响

5

一直在想

火山喷发的时候

会不会像女人分娩时一样

很痛？

撕裂 爆发 颤抖和怒吼

殷红的热血是摧毁生命 还是

孕育新生命

伤痕因为有了时间

总有一天会抚平 或者变得美丽

比如沉香

6

光秃秃的枝丫

再也摇曳不住已经离它而去的叶子

已经落地的叶子

也只能在生锈的时光中拼接

黑夜太黑 遥远更远

当万物归于沉寂

唯一照亮苍茫的是你的眼睛

天空昭示贫血的流域

当大雁留下最后一声叮咛

我祈祷

所有的背叛都随它而去吧！

7

相继而至的日子

摧朽万物

真实的琐碎 一年年堆积

没有什么遗忘,也没有什么需要记取

同样的剧情,正在套用经典的公式

将它搬上舞台

多少次从夜的指缝里溜出来

我被自己的苍白惊出一身冷汗

站在真实的世界里

我看不见自己真实的行踪

立于虚幻的梦寐里

我寻不见虚幻的影子

8

岁月流觞

我恐惧的事情越来越多

日月之背

已经无法驮回经年不解的心事

层层的省略与感喟

能否溅起一窗黎明？

渐渐放大的迷茫

能否逼近循序渐进的真相？

去或者往？

黑白交替出现

贪婪和邪恶相互滋生

剩下不多的步履

能否完成远方的约定？

阳光撒下弥天大网，夜色为岸

世界还是那个世界

江湖已不是原来的江湖

故乡的风物，因为炊烟的消失

荡然无存

9

无数次徘徊

无数次在沦陷中纠结

在距你遥远的雾霾中

又一次裹住我难以诉说的心事

无法描述

黎明前的等待

会熄灭多少不安的魂灵

我只想告诉你

无论过去现在还是将来

我生命的辞海里

都没有绝望和放弃

10

面对六尺宣纸

茫茫人生中

一场不可自拔的深陷

语言已经多余

生命从此挂上了秒针

十年磨一剑？

墨海真容

容纳一腔浪漫与麻木

七寸毫管

学着乒乓的直推横扫

追寻着兰亭的古风

一颗心放飞的

是千古长醉的神韵

11

云雾中的忘我泼墨

做半阴半晴的构想

我紧拢的五指山峰

是再生的希望

从一滴墨开始

从上到下　从右到左

点横竖撇捺的诉说

将日子层层渗透

由楷而行　由行而草

由字而词　由词而章

把浓淡密疏荡涤

渴望在黑白的对峙中

鲜活寒冷

开启又一个春天

12

以一种支撑远眺归途

纤细的锋芒在开山架桥

打破五蕴烦恼尘劳

定然怀揣黑夜星辰

——头顶神明

寒蕊不着芬芳

洗濯我陈年的晦涩和阴霾

浓缩出漫长的觉醒

知白守黑

心底的琴弦

在跋涉中反复重现

当年的雪景

13

不要说我是苦行僧

笔筒插花 向壁而书

有与无的转换

黑与白的开合

荡漾开一圈圈灰而清晰的年轮

在枯藤奇岩中思忖

在山涧溪流中冥想

清风为我吹干湿了的墙

露珠为我送来无色的墨

丰厚的腻子粉

神奇地纵横早春晚秋的气息

14

以风刀霜剑

执意安放的清澈

开辟一片空白的人生

力量和内蕴

分布间白的妙用

为同一归途拔节

以线条勾勒出

骨质的韵律

曲直的心音

溅起的雷霆

驱赶牛鬼蛇神

昭雪难

但余生 我已经开启

又一扇坦荡之门

15

感谢生活，感谢生命

感谢梦和疼痛

感谢你——

如此深刻地在我生命中打马走过

所以，所以此后的日子

我会把树还给森林

把森林还给小鸟

把小鸟还给蓝天

把自己还给真实的自己。

2017年12月12日

芜湖·源丰苑

目 录
CONTENTS

第一辑 青枫赤叶

秋天的枫叶（组诗） / 003

夜（组诗） / 009

枫 叶（组诗） / 012

风和枫的对话 / 016

每一次 / 019

秋 思 / 020

黄 昏 / 020

爱如止水 / 021

梦醒时分 / 022

凄离别 / 023

伤相见 / 024

是雨都会停 / 025

走向安宁 / 027

远离喧嚣 / 028

泥泞的小径 / 030

为了忘却的记忆 / 032

两重牢 / 033

天 问 / 034

很 想…… / 035

虫草写春秋 / 036

相思风雨中 / 037

十一年 / 038

长相思 / 041

雨中芙蓉 / 042

青藤泪 / 043

月光下的枫林 / 044

昨 夜 / 045

想一个人 / 046

瞬间和永恒 / 048	爱失了火 / 066
夜半醒来 / 049	房　门 / 067
真　爱 / 050	爱是痛 / 068
特　权 / 051	距　离 / 069
萤　火 / 051	心中的菩提树 / 070
裸奔的思念 / 052	诗·梦·歌 / 072
咫尺天涯 / 054	你…… / 074
无力自拔 / 055	船　票 / 075
浪迹天涯 / 056	黄昏之后 / 076
潮水中的船 / 056	中　年 / 077
叮　咛 / 058	向黑的眼 / 078
夜　袭 / 059	反　思 / 079
有梦总比无梦香 / 060	秋　愿 / 080
远　方 / 061	回　家 / 082
秋　千 / 062	你和我 / 083
你是我的熔炉 / 064	那一刻 / 084
爱写春秋 / 065	招　手 / 085

第二辑　黑夜孤鸣

我不想说 / 089	母　亲 / 096
呐　喊 / 091	座上宾与阶下囚 / 097
火只向上烧 / 093	乡　愁 / 098
国庆感怀·枫叶颂 / 095	好了，别爱！ / 099

残酷的同类 / 101	乌　鸦 / 111
除夕的夜 / 102	可怕的夜 / 114
白　鹤 / 103	绿色的小草 / 115
太阳和我 / 104	不相信 / 117
峰之悲 / 105	萤火与蚊子 / 118
湖水的心事 / 107	不再等待 / 119
夏　天 / 108	思　乡 / 121
写不出诗意的浅笑 / 110	雪过天晴 / 122
昨日歌 / 111	不是抒情的告白 / 123

第三辑　情义无价

一、亲情·爱情

遣　怀（十首） / 131	早　春 / 149
咏　梅（四首） / 136	春　愁 / 150
秋　怨（八首） / 138	春　怨 / 150
节日感怀（九首） / 142	春　归 / 151
梦中山陵 / 146	倒春寒 / 151
春　怨 / 147	月下操练 / 152
夜　凉 / 147	忆玉龙雪山 / 152
秋　殇 / 148	夜雨急作 / 153
枇　杷 / 148	枫　心 / 153
晚　秋 / 149	悟 / 154

归　虑　/ 154	怀　古　/ 170
2011年除夕感怀　/ 155	晨　雾　/ 170
2012年除夕感怀　/ 155	断肠人　/ 171
2013年除夕感怀　/ 156	七弦琴　/ 171
2014年除夕感怀　/ 156	雁（三首）/ 172
2015年除夕感怀　/ 157	红　豆　/ 173
2016年除夕感怀　/ 157	除　夕　/ 173
清明感怀　/ 158	中秋夜静思　/ 174
春夜言怀　/ 158	会见难　/ 174
中秋感怀　/ 159	雨中会见后感怀　/ 175
相见难　/ 159	自　嘲　/ 175
思亲赋·父母恩　/ 160	端午夜叹　/ 176
思亲赋·晋氏情　/ 161	深秋怨　/ 176
盼　归　/ 162	结婚廿二周年感怀　/ 177
荷花怨　/ 162	别　怨　/ 177
长相思（七言乐府）/ 163	半生赋　/ 178
孤居言怀　/ 164	花开且花落　/ 178
咏　妻（三首）/ 165	问苍穹　/ 179
雨　殇（三首）/ 166	生日感怀·农历十月十二日作　/ 179
雪　愿　/ 167	寄爱人·农历十一月五日作　/ 180
北　望　/ 167	习王羲之《兰亭序》七载有感　/ 180
心上人　/ 168	月下秋风歌　/ 181
雨夜思　/ 168	九月十日食橘感怀　/ 182
情人节　/ 169	梦回故里　/ 182
敬　老　/ 169	五言集句·本命年遣怀　/ 183

二、师恩·友情

寄恩师高理王七十寿辰 / 187

寄老领导程晓苏 / 187

题赠尊师曹佳凡 / 188

寄赠尊师张克俭 / 188

题赠友人刘萍 / 189

题赠友人王龙木、晋春梅夫妇 / 189

题赠友人黄为群 / 190

题赠友人孙跃文 / 190

题赠学姐徐丽娟 / 191

题赠友人周金莲 / 191

题赠友人刘国祥、彭东风夫妇 / 192

题赠友人郑坤、程华夫妇 / 192

题赠友人陈明、尹险峰夫妇 / 193

题赠友人姚宏喜、朱月红夫妇 / 193

题赠友人陈德华、钱芳夫妇(二首) / 194

题赠友人魏巍 / 195

题赠友人王春、丁姣姣夫妇 / 195

题赠友人朱金海、汪琳琍夫妇 / 196

赠友人吕东阳 / 196

赠友人金玉峰 / 197

赠友人靳大明 / 197

赠友人强健 / 198

赠友人熊诗全 / 198

赠友人赵敏 / 199

赠友人徐昌华 / 199

赠友人杨根节 / 200

题赠毛庆松 / 200

题赠江彬彬 / 201

题赠程国跃 / 201

题赠友人陈伟 / 202

题赠友人任宽水 / 202

三、世间情·无题集

题《题无题》（40首） / 203—223

第四辑 词

恋绣衾 / 227

苏幕遮 / 227

人月圆 / 228

如梦令 / 228

卜算子 / 229

恨无常 / 229

相见欢 / 230

诉衷情 / 230

更漏子 / 231

浪淘沙 / 231

琵琶仙·九成感怀 / 232

沁园春·九成 / 232

相思令 / 233

减字木兰花 / 233

如梦令 / 234

忆江南 / 234

捣练子 / 235

如梦令·寄柴静 / 235

如梦令（三阙） / 236

如梦令·读柴静《看见》 / 237

蝶恋花 / 237

临江仙 / 238

浪淘沙·梦回鼓浪屿 / 238

南乡子·乡思 / 239

采桑子 / 239

柳梢青（三阙） / 240

捣练子（二阙） / 241

忆秦娥·离愁 / 242

忆秦娥·情人节 / 242

诉衷情 / 243

鹧鸪天（三阙） / 243

第一辑

青枫赤叶

(现代诗)

秋天的枫叶（组诗）

一

风暴

一场突如其来的

夏季风暴

无辜地摧毁了一个静谧的村庄

一片狼藉

一片号嚎

濒临绝境的悬崖旁

一棵连根拔起的枫树

发出揪心的呼叫

远去的森林无声

身边的小草无力

孤独的枫树坚强地斜立

留下了风的形态

但拒绝风的目的

不好

它要跌进深谷

放心

纵使跌落深谷我也要凌空飞翔

小草止住了哭泣

对着枫叶低语——

到了冬天，我变成虫子

爬上去，抚摸你的躯体

二

窗外的雪花

一片片飘零的枫叶？

炽热的心

能化作洁白的蝴蝶？

雪花啊，冬天的枫叶

寂寞的守候

不能言说的寒　你冷吗？

如果温暖是寒冷的母亲

死亡就是活着的父亲

就让我们在这喧嚣和阴森的两端

把各自的世界点燃

唱一曲生命的挽歌

三

秋天的枫叶

风中的手掌

清晨

掌心的露珠

是你相思的泪

秋天的枫叶

霜的温床

夜半

染红的床单

是你爱的岩浆

秋天的枫叶啊

我望眼欲穿

凿开一道道山梁

春秋的虫草啊

我捧雪煮酒

灌醉归来的水手

只为了

与你共醉

四

松涛依旧

枫叶正红

一年又一年啊

相思的藤儿越过千山万水

爬上隔世的墙

云彩低垂

往事如风

还有多少个日夜呀

你的泪

不再流淌

我的泪

不再成行

还有多少个日夜啊

当你醒来

我在你的怀里安详

五

阳光还很温暖

夜已冰凉

枝头的枫叶

似乎也忘了季节

忘了悲伤

在秋风中歌唱

不

不是我忘了痛着的疼

不

不是我忘了醒着的伤

只是

为了孕育新的嫩绿

我

不得不四处张望

哦

秋天的枫叶哟

你是善良的蝶

心中装的永远是

凄美的希望

草丛依旧碧绿

夜还很长

秋天的枫叶啊

夜虽长

因为有你

有梦

我不再彷徨

二

夜

似无边的海

每一粒沙

都是渴死的水

这边 风一样漂泊

那边 雨一样伤悲

夜

请把我的爱情还给我

就算以泪浸泡沙子

也要把沙漠染成绿洲

三

夜

把你的思念拉成长长的丝

我

把它织成薄如蝉翼的翅膀

悄悄地

飞落在你的枝头

你

只需轻轻地摇晃

就能荡出曾经的秋千

枫叶啊

你形如掌心的叶

是我风雨中的伞

那圆圆的网

总有一天

会变成面朝大海 春暖花开的房

四

夜　强奸着萤火

蚊虫　又强奸着我

心如蛙叫

晚风似火

夜　点燃了寂寞

红色的指

红色的掌

红色的脉络包裹着红色的心脏

红挨着红

红叠着红

红抱着红

红吻着红

红得纯粹

红得让人珍惜每一个瞬间

红得叫人忘却世俗的纷争

只记得大雄宝殿血色的立柱

三

都说红叶最相思

　相思 甜的

　也是苦的

绵绵秋雨中

她托起红颜

把无边的寂寞藏在心间

她也害怕寒冷

她也渴望阳光

她对枝头的眷念

足以装得下四季

跨越得了时空的长河

四

枫叶的笑是永恒的

微风中浅笑

把青春的笑脸送给热爱美好的人们

把酸涩的思念藏在心间

狂风暴雨中怒笑

用炽热的爱染红五指山

把虚伪的蝴蝶和肤浅的寄生虫吓跑

雨露的滋润 她欢畅地笑

阳光的温暖 她感激地笑

寒霜的侵蚀 她庄严地笑

但仍平静地说——

那是人家误读了你，不是还有秋风送爽这一说么？

秋风哈哈大笑——

少来这一套！爽，是吧？我非摧了你的红颜不可，看你还爽不爽？

枫无语，默默地揣度着秋风的言语。

凛冽的朔风

呼啸而来，厉声质问道——

还认识我吗？

枫幽幽地说——

我虽看不见你，但知道你就在眼前，更知道你无处不在。

风狂笑不止——

你敢耻笑我没有容颜，还讥讽我无孔不入。我告诉你，你的末日到了。

不要忘记：木秀于林，我必摧之！

枫坦然地答道——

万物皆有轮回，我将归去，还能回到母亲的怀抱。你呢？还能永恒？

也请你记住：冬来了，春还会远吗？！

每一次

每一次无眠

你都萦绕在眼前

每一次梦魇

你都释放出温柔

每一次跌倒

你都扶我在身后

每一次相见

你都泪如雨流

每一次离别

你都千百次回首

每一次电话

你的声音都在颤抖

每一次　我祈祷

所有的每一次　呼唤

只为了　换回

此后的每一个日日夜夜

与你手牵着手

梦醒时分

秋天的枫叶

以遥远的春意

潜入我的梦乡

一池春水

一路高亢

绽放出颤巍巍的花

几分婀娜

几多欢畅

一声哨响

把我惊起

冰冷的铁床

锁住我的叹息

唯有疯了的思念

再次起航

凄离别

城市

在模糊的双眼中

退出视线

沉重的发动机

哽咽着为我送行

窗外的风

有你忧伤的气息

纤弱的你

赶在我之前

为我安顿那个"家"

瑟瑟的风

把秋天的衣裳

一一抖落干净

你踩着无声

强作笑容

向我走近

湿了我的心

冷冰冰的镣铐

锁住了我的躯体

怎锁得住

我眷念你的心？

雨还在下

熟悉的街道

终成了我的背景

泥泞的路

坎坷中向前延伸

貌似公正的收费站

微笑中收取了费用

即刻露出狰狞的面孔

飞转的车轮

能把崎岖的山路

碾平？

雨越下越大

心越来越沉

雨还会下

尽管我不知道

明天是否还有雨

但——

马克·吐温告诉我：

放心

是雨都会停

走向安宁

一夜北风紧

六月雪等身

枫叶含泪笑

送我到九成

蓝天托白云

日落月又升

蚂蚁私自语

蝶飞蜂在鸣

泥泞的小径

我本来自泥泞的小径

脚丫和泥土

有过无数次的相亲

身旁潺潺的溪水

滋润着默默的枫林

戏水的鸭子

吞食着白色的碎银

走过泥泞的小径

迷失在五彩缤纷的城市森林

风风火火中

忽略了枫叶的绿色心情

忙忙碌碌里

伤害了冰清玉洁的心

从云间跌落

我摔得不轻

醒来后

发现躺卧在雪地里

四周布满泥泞的小径

耳朵中只剩下

风的呼啸

和老牛的呻吟

谁说雁过无痕叶落无声？

枫叶的守望中

雪在融化天在放晴

我的心化为泥泞的小径

低垂的杨柳啊

请不要婀娜弄影

摇曳的枫叶啊

请不要独自伤神

春秋的虫草

从今后

只伴你走过冬夏

伴你一生

心在爱窑里焚烧

有期的宣判

考验着无期的牢

无穷的思念

突破着有形的牢

喝寂寞的风

流相思的泪

想氤氲的爱

爱能洗澡？

爱能燃烧！

天　问

判决

对抗着拥抱

妥协

也是一种执着

梦里

虽有缤纷

醒来

河山何在？！

断肠

我无悔

两心无语

碎风流！

很　想……

很想

收藏每一粒阳光

在寒冷的冬夜　点燃

把你送入久违的梦乡

很想

收购每一匹云彩

梦里还你多少个吻

爱是泪串成的珠

爱是痛编织的网

孤独中的守护

终将引来——

甘甜的清流

和翻腾的巨浪

荡尽风尘

还我低吟！

还我浅唱！

十一年

十一年有多远

如果秒针每嘀嗒一声我走一步

地球会被我的脚步丈量几个来回？

十一年有多宽

如果每分钟砌上一块砖

我能再造几个长城?

十一年有多长
如果允许我的头发不剪断
它至少会从头拖到地
十一年有多深
如果每小时有一片枫叶落下
足够把我埋葬

十一年
十一个春
十一个冬
十一个夏
十一个秋
十一个年
……
只有感伤的叹息和思念的泪

你说 ——
"十一年,多大点事儿,
充其量还是个毛孩。

十一年

你相思的泪水

能淹没整整一个世界

"就算那样，我也不后悔。

我的世界只有你，

你就是我的世界。

十一年，只是一个证明！"

长相思

长长的相思绕过宋词

在如水的月光里

紧紧地追随着嫦娥

落在你窗外的阳台上

把你晾在阳台上的湿衣衫

慢慢烘干

涩涩的思念穿透高墙

在寂静的夜幕下

偷偷地跋山涉水

守候在你床头

把你床头柜上空着的水杯

注满热水

今生

你是我心头的一座山

就算愚公来了

也只能望山兴叹

今世

你是我枕边的一本书

就算我日夜研读

也百读不倦

雨中芙蓉

窗外有雨

你立于原野

风扯不动你的衣角

雨水重塑出你的丰润

火红的枫叶

勾画出深色的地带

如荷叶浮水

隐藏着我的心动

青藤泪

每天翻开又合上的日记

折叠着思念

孤独地爬满了青藤

你掰着手指

算着我的归期

冥想中模糊了视线

剩下的是眼前跳动的数字

每一朵梦的花瓣

开着五颜六色的相思

每一个甜蜜的回忆

都伴着揪心的痛

梦中的热泪

浇灌了干枯的河床

醒来后才发现

青藤上全是湿漉漉的露水

月光下的枫林

月光下沙沙作响的枫林

是你梦中的呓语

如果我是一只流萤

无论多远

我也会飞回去

打着屁股后的小灯笼

辨别纵横迷离的道路

如果我是那条银色的小溪

无论多曲折

我终会流入你张开的唇

亲吻着你的每一寸土地

如果我的思念

是轻柔的晚风

那被风吹响的

一定是原野上的枫叶

昨　夜

昨夜

还有昨夜之前的昨夜

一片枫叶引领着我

走进秋的腹地

如同丁香不言紫

梨花不言白

秋天的枫叶是不对人言说

自己红着的心思

山岚依旧？

幽深依旧？

熟透的葡萄和幽深的氤氲

叹着红的忧伤

我匍匐着

不敢站立

怕惊吓着你

也怕惊醒我焦渴的梦

想一个人

想一个人

想月

想月光下的你

看不见你的时候

我最想说——

我想你

抓起电话的时候

我最怕说——

我想你

我怕你听了会更沉重

更怕说了这话

我会死去

我不怕死

只怕我死了

没有人比我更爱你

更懂你

于是

我把呼唤你的低吟

流淌成潮湿的文字

滋养我干枯的心　同时

也滋润你幽深的井

瞬间和永恒

昨夜 我梦见佛祖

菩提树下

我双膝跪下 苦苦求佛

能否让我走进你的梦乡

佛说——

收集起所有的露珠

就能看到你最想见到的影像

膜拜后 起身

一阵风起 露水洒落地上

不知所措的我 泪泻如帘

佛笑了 说——

那就是露珠 好好珍藏

醍醐灌顶后 我才知道

原来

我一直居住在你的心房

夜半醒来

置身世俗世界

孤独比疾病更伤人

我且冷冻

在冰箱里救赎

你在浮尘

窥视你孤寂的人

会不会在夜半

敲门?

叹息淋湿了记忆

思念紧缩着心情

我眼中的泪光

收藏着你的倩影

真 爱

茫茫人海

你给予我

真爱

曾经的粗茶淡饭

遮蔽了你柔水般的温情

如今

夜夜望月

逆着时光

回味你脉脉的情怀

我才发现

你的唠叨

就是真爱

特　权

爱你，是一项特权

虽然你多年前就赋予了我

但我也不敢滥用

所以，更多的时候

我把它藏在心中

我知道——

爱，也需要表达

但开口必须谨慎

担当才是最好的证明

萤　火

一个人的夏天

只有蚊虫和蝉做伴

一个白班　一个夜班

求你们不要吵闹了　好吗？

给我一个瞬间

让我和萤火说上一句话——

我的心上人睡得好吗?

你是我生命中的氧

冒着鱼眼似的气泡

输出着无眠的惆怅

陪我把泪流淌

你是我黑暗中的萤火

带着点点清辉

在漫漫的守望中

陪我到天明

裸奔的思念

你又一次

含泪向铁门走去

一步三回首

我知道

你扯不动脚步

我的伤口撕裂着你的伤口

你前脚刚走

我的思念连车票都没买

就紧随你而去了

只留下孤独的我

孤独的我只得追着思念

向你裸奔

裸奔的思念

似决堤的泥石流

一泻千里

势不可挡

裸奔的思念

在每个醒着的夜

洗成湿漉漉的梦

挂满心墙

裸奔的思念

在每个忧郁的夕阳

如同饥饿的鸟

渴望钻进蓬松的窝

万般惆怅

咫尺天涯

近在咫尺

我无动于衷

近在咫尺

我怎会无动于衷

目光似火

早已烧完了你的衣衫

无奈镣铐紧锁

咫尺天涯

只能心动

无法行动

无力自拔

月啊!

清挂枝头

终于

在今天

吐出了青青的牙

摇曳着的你

扭动着巫山的云

一阵急剧的风雨

溅起久违的浪花

多想永恒

顷刻崩溃

无力自拔

在你的沼泽地

安上永远的家

浪迹天涯

才送走你的背影

又期待着你的眼神

企望

紧紧的交融

哪怕擦出瞬间的火花

烧了相思的船

然后——

手牵着手

浪迹天涯

潮水中的船

往事是落下的叶

别人无以辨识

而我能泥土般感知

岁月是飞逝的歌

别人不再吟唱

而我是你刻录的光盘

孤单的日子
我终于懂得
你
是我一生一世的船

潮又来了
颤抖着期待
虽不能携带全部的内涵
迎头赶上
但——
意念中黑色的火
已闪伤了我的眼
紧闭中舒坦出一片涟漪

叮 咛

隔着道貌岸然的玻璃

世界被一分为二

听得见你的心跳

但握不住你纤细的手

万般无奈中

撕开醒着的伤口

心爱的人啊

不要怪我不坚强

我的苦难不能给你以幸福

何忍把你的青春

做陪葬

夜　袭

一棵　又一棵

思念　猫着腰

轻挪着步子

丈量夜的距离

一棵　又一棵

思念　以风的形态

无所顾忌地叩击着

你紧闭的窗棂

你的孤寂

导演了我的思念

我的思念

演绎了你的孤寂

编剧就是孤寂

有梦总比无梦香

你说

不知 昨夜

我何时来到你的身旁

原本准备好的倾诉

被我火一样的唇封堵

顷刻间 浑身泛起滚滚热浪

我问

接下来 接下来的故事又是咋样

静谧的港口是否告别了忧伤

你说

潜意识 把梦搅黄

不过 有梦总比没梦强

还有 还有

醒来后 更想

更想

远　方

爱是你瞩目远方的忧郁

颠簸的船

晃荡着你的思念

手中的咖啡

在海风中渐凉

如果

如果我能割断栅栏

即刻扑倒在你怀里

用心把咖啡温暖

用嘴喂到你唇里

我的远方

神圣而陌生的蓝天

也许会偷偷盗走你的秘密

你的远方

阴森的高墙把我围在孤岛上

如果

如果可以

我愿化作一粒细沙

随水而流

由湖到江，由江入海

任洞察心事的浪花

舔舐你的脚底

待你捧起的时候

光洁的身子没有一点点淤泥

秋　千

你在秋千上荡了几个来回？

我不知道。

快门留给我的长发

和身后翠而欲滴的花草，

告诉我——

你在忧伤地等待，

等待我依偎在你身旁的空位上，

然后耳畔轻语。

阳台上盛满欢笑的秋千，

有我燃过的烟蒂

和你摘下的湿漉漉的星光。

时间微凉，

曾经温馨的对白，

哪怕是厌烦的唠叨，

此刻也超越了时空，

在我头顶盘旋。

亲爱的，请你原谅，

那个令你消瘦的日子，

已经离我们远去。

我即将遇上你，

遇上所有。

挥霍掉一生的甜蜜，

天圆地方的天涯海角，

我愿成为你的秋千，

在你气息的音符上，

荡起千年的轮回！

你是我的熔炉

几页布满铅字的纸

如千斤寒冰

压在我心头

11年的刑期

装着终身的遗憾和耻辱

几张你手写的信

似万盏灯火

温暖我心头

11年的坚守

载着你一生一世的爱和温柔

你是我的熔炉

我要焚烧所有

唯把爱留

爱写春秋

缤纷输给了纯洁

迷茫败给了坚守

风沙填平了脚印

伤痛让给了温柔

秋风染红了枫叶

相思安慰着孤独

是雨都会停

是水都会流

孤独中自由

自由中孤独

唯有爱——

不分时空

不分冬夏

不分夜昼

谱写春秋！

爱失了火

三月的桃花 粉红

十月的石榴 紫红

残阳似血 橘红

绝色伤口 鲜红

你的唇 殷红

你的脸 浅红

你 伸开的手掌 酡红

你 秋天的枫叶 深红

我的爱

失了火

一片红

房　门

纠结的心

刺痛了爱的神经

独坐的夜

养活了相思的藤

闭上眼

忍住呼吸

你

忧郁的眼神

掩饰不了你的温存

可能

你不知道

我已化作云淡风轻

匍匐在你疲惫的身影

睡吧，宝贝

我已经替你锁好了

房门

爱是痛

背负着爱

本是幸福

背负着幸福却走向痛苦的海

背负着痛苦的海却无法把自己放逐

时间难流回

空间易破碎

唤醒自我

撕烂虚伪

荒野中学会瞩望

寒风中把往事放飞

我是你最痛的礼物？

饱尝孤寂和伤悲

为何

你还说无怨无悔！

泪，自费不白费！

距 离

贴近到一张纸的距离

你的目光还在游离

是怕忧郁伤了我的眼

还是怕对视的焦点

灼伤了自己

彻底到一种绝对

像飞在云端的雨

我的呼吸困难

是爱让我窒息

还是我的爱在窒息着你

有空隙才有空气

有距离才有美丽

我们的心装着的

都是彼此的唯一

只可恨——

我们之间隔着貌似纯洁的玻璃

心中的菩提树

秋天的枫叶

我心中的菩提。

望着你火红的脸庞,

我做过无数羞涩的梦。

在你的绿影下,

升腾起浓浓的雾。

捧着你火热的心,

我再次承诺:

走过这座背阳的坟,

摘两朵"勿忘我",

你一朵,我一朵。

一辈子淌过 一条长满青草的河,

手牵着手,

光着脚,

沐浴在温馨的月光下,

数着天上的星星,

看我们的爱与它比起来,

谁多?

今天像昨天一样，

闭上双眼，黑暗中，

点亮心中的灯火。

久久的祷念，

爱流成河。

秋天的枫叶啊！

我心中的菩提。

我已听见——

你深情的呼唤：

来吧，我的虫草，

快躲进我的心窝。

不管

刮风 下雨，

雷鸣 邪恶，

我的心是你唯一的锁。

痛，

是爱的另一个嫡亲的舅舅。

红，

是枫叶最漂亮的妹妹。

懂了,

你和我,

没有相思的泛滥,

没有嫉妒的醋坛,

何谈执着!

诗·梦·歌

诗是醒时的梦

梦是半醒半睡中的歌

诗是清澈的水

歌是缠绵的鱼泡

没有梦的连接

生活就是一首

五音不全的歌

诗是有逻辑的梦

梦是有颜色的歌

诗意的生活

需要你我——

用心打造

精心雕琢

你是我的诗

我是你的歌

骄阳下你火红的眼

是流动的诗

月光中摇曳的影

是风中的歌

秋天的枫叶啊

你是我醉了的梦

你是我心中的河

更是我日吟夜唱的生活！

你……

酷暑的炉火旁
没你
我冷

冬夜的冰雪里
有你
我暖

漂泊的日子
想你
我不疲惫

孤独的夜晚
梦你
我不寂寞

船　票

绿色的春雨,

是我写给你的情书。

金色的蝉鸣,

是我呼唤你的声音。

那片红色的枫叶呢?

那可是我归去的船票!

别忘了,

在白雪启程之前寄给我,

否则,结冰了,

船就无法航行。

黄昏之后

太阳回家

和情人海团聚了

月还未上岗

一两颗心急的星星

在眨巴着眼

像提前抵达演唱会的

粉丝

翘首以盼

月

在洗浴?

在补妆?

一片秋叶落下

噢

风起云涌的黑幕拉开了

我能躺在云的怀里

低吟?

婆娑?

中　年

人过中年

像秋园子里的瓜？

说已把人生与生命的意义

勘透

是自己欺骗自己

四十而不惑

那是圣人的口水

除此

不是骗人

就是被人骗了

我无中年

从青年直接走向老年

又从老年返回青年

半醒半醉

时而暮气沉沉

时而心潮澎湃

只是

梦中的你

永远不变

向黑的眼

我想闭上眼

在世界的边缘行走

不再睁开

我怕愤怒的目光被人捉住

交给大盖帽

再以纵火罪起诉我

小心翼翼地

避开人和我最怕的蛇

即使在漆黑的夜里

我的左眼

戴着800度近视眼镜

右眼戴着1000度的远视眼镜

一根竹竿不离左右

它是蛇的舅舅

能驱赶蛇

但能驱赶人么？

世界太亮太刺眼

视线是伤

闭上眼的世界

只有你

反 思

我身上很脏

沾满的是春天的柳絮

还是臭水沟里的污泥？

百无一用的书生

连用手挠挠头发的机会

也没了底气

"颓然寄淡泊，

空故纳万境"？

阿弥陀佛

只是苦了你

脱不下的衣服

扒不了的皮

缘

就是随意？

秋　愿

在火红的枫叶上

我寻觅

寻觅　昨日的火热

在萧瑟的竹园里

我追寻

追寻　牵手的痕迹

在漆黑的夜

我把思念编成网

把秋风秋雨过滤后

再盖在你身上
为你抚平心中的凄凉

失去的已不能复得
人世间没有如果
只有因果 结果或后果
播种是因也是果

秋天的种子
我已经收藏在冬的行囊里
只待来年春暖花开时
再把它埋进温柔的床

回　家

轻轻地

牵着你不再娇嫩的小手

在兰花朵朵的笑靥中

披着西边的晚霞

回家

慢慢地

梳着你不再乌黑的短发

在波光粼粼的湖面上

载着满腔的爱怜

回家

紧紧地

抱着你不再苗条的身躯

在海浪滔滔的沙滩边

滚成一对龙虾

然后　然后

在女儿再三的呼唤声中

搂着你　回家

你和我

昨夜

你在阳台望月

月在窗前看我

今晨

你在灯前拜佛

佛在云中度我

今晚

你在梦中写诗

诗在耳边唤我

明天

你在黎明吻我

我在子夜吻你

那一刻

那一刻

在风生水起的呻吟里

一片落叶的形态　步入舟形的河流

那一刻

脱缰的野马

驮着夜幕　驰骋在潮湿的草原

那一刻

满面的泪水

牵着白云　匍匐在久违的土地

那一刻

成了雕塑

凝固在每一个梦醒时分

招 手

思念

似蜘蛛的丝

绵绵不断

又像是针

锥着痛

痛过后还是思念

思念曾经相拥的时刻

思念抵达白头

灵魂已出鞘

你知否

幸福似红叶

在向我们招手

第二辑

黑夜孤鸣

（现代诗）

我不想说

我不想说,

因为我太想听——

一样的路,一样的鞋;

一湖春水,一份痛彻心扉的爱。

我不想说,

因为我太想看——

三山的灯火,三浪的菜;

龙湖的沉鱼,浮山的艾。

我不想说,

其实是——

我太想说,

语噎成塞口难开。

我不想说,

害怕填膺百感把你伤害。

我不想说,

担心梦醒时分佳人不再。

我不想说,

知道如烟往事尽成悲哀。

不一样的路,不一样的鞋!

即使朝开草舍夜泛莲舟,

也只能两手空空独自徘徊。

别说,别说,

什么都别说。

天长地久终有尽,

与人短长实无奈!

别说,别说,

什么都别说。

情知此后多追忆,

雨收云散天还在!

我不想说,

别说!

别说,

我不想说!

不一样的路,不一样的鞋!

呐 喊

荒僻的孤岛上

也响起了没日没夜的打桩声

似老牛的叹息

从地球的心脏哼出

再顽强的心

也会长出老茧的

行行好吧!

夜总会的霓虹灯

多情地眨巴着妓女的眼睛

勾魂夺魄?

送葬车早已睡了

扛着蛇皮袋的打工仔

在老板门前的假山旁徘徊

开水锅里的面条

在上帝的唾沫里

垂死挣扎

何日才能为孩子买个书包？

电视新闻里

漂亮的播音员

满面春风地播报着

南半球的泥石流

和北半球的战争

总有

老百姓闹不明白的GDP和CPI

都说富了

咋还有那么多人偷

那么多人抢

那么多人骗呢？

河里的小鱼

冒着白泡

窃窃私语地骂着脏话

还是人吗？天天给我颜色！

苍蝇快人快语

那是咖啡，笨蛋！

一辆警车

呼啸而过

贴着面膜的性感女郎

把头从夜总会的窗户伸出

丢下一句——

又他妈的杀人了！

火只向上烧

英年早逝的路遥，

站在《平凡的世界》里呐喊：

人生啊！就是这样不可预测。

没有永恒的痛苦，没有永恒的幸福。

生活像流水一般，

有时是那么平展，有时又是那么曲折。

倾听不曾久远的声音，

面对喧嚣浮躁底线失守的现实，

思想者在哭泣，

混沌者在歌唱。

最忙碌的是金钱，登堂入室，

走村串巷，无处不在叫卖，

把朴实、忠厚、诚信和勤俭逼到了死角。

一抔黄土，

一地鸡毛。

唯有点燃火把，凤凰才能涅槃，

正气才能回荡。

即便火把下垂，不能高高举起，

火舌也只向上燃烧。

国庆感怀·枫叶颂

秋天的枫叶

风中的手掌

似翻动的日历

穿着红色的盛装

洋溢着节日的气息

传递着爱和新生的力量

秋天的枫叶啊

你是燃烧着的火炬

迷茫中

曾给多少人以明确的航向

秋天的枫叶啊

你是凝固了的血浆

风雨里

捍卫着根对叶的执着信仰

秋天的枫叶啊

你是纷飞的蝴蝶

摇曳中

把丰收的赞歌向西边的晚霞歌唱

你一路走来

经受住了霜起 雾降

你还将一路奔去

书写着和谐的新辉煌

母 亲

望着披着残阳的

草 枯萎

沿着涂上颜色的

路 挪步

灌了铅似的腿

在全副武装的狱警注射器般的目光下

渐渐拉开了

我与母亲的距离

不能回头

千万不要回头!

已经风干了的母亲

还能挤出几滴泪水?

座上宾与阶下囚

昨天还是座上宾

今日已是阶下囚

不幸的幕僚

不幸的人生

二十一世纪的人

还在重复着十九世纪欧洲的悲剧——

当一个有权势的贵族

遇到一个有棱有角有胆有识的人

放逐他

囚禁他

杀死他是最好的选择

或者

让他蒙受奇耻大辱

无颜苟活 忧愤而终

今日的座上宾

若来一次洗礼

有几个不会成为阶下囚？

乡　愁

乡愁是一枚邮票，

余光中这样说过？

乡愁是一条悠悠的河，

静静地流淌着，

漫过倚门而立的老母亲

脚下的门槛。

乡愁是一声深情的呼喊，

在故乡的月光下，
一个慈祥的声音，
叫唤着我的乳名。

冬去春来，
日月交替。
乡愁是系在我脖子上的一条珍珠项链，
颗颗珍珠就是滴滴的泪。

好了，别爱！

好了，别爱。
烟消云散之后，
残酷的真相露出诡秘的笑，
把我的热情抛到九霄云外。
轰轰烈烈，
输给了无声无息。

好了，别爱。

烈日下的汗水，

和着雪地的泪，

被凛冽的北风吹干，

殷红的血凝固在九成的墙。

绘声绘色

战胜了有理有据。

好了，别爱。

两条鱼比着谁长得帅，

赢的那条就是明天的菜。

好了，别爱。

善良的鱼啊！

一份痛苦的经历。

胜过千百次的告诫。

残酷的同类

上帝

把金色的阳光扯碎

洒在冰冷的湖面

银光闪闪

白色黑色麻灰色的

鸭子

自在地吞食着碎银

不时仰起脖子

叫上两声

向上帝 或者太阳

表示谢意

岸边的鸡群

在一只芦花公鸡的带领下

议论纷纷

宗教般抬头 低头

终于发出愤怒的吼叫

这不公平！

一个黑色的阴谋

在天黑下来之前

诞生了

尖嘴的鸡捉弄着扁嘴的鸭

谁叫你们独自享受碎银？

头破血流的鸭子

仰望着天空

黑暗已经拉长了脸

就算上帝还在上面站着

也无能为力

这就是公平！

除夕的夜

阴

多云

无雨的夜

烟花漫天

如沸腾的粥

山鸣谷应

月

朦胧

揪心的痛

躲闪着烟花

今夜无处藏身

编忧伤的梦

凄楚中看万家灯火

白　鹤

"江间波浪兼天涌，
塞上风云接地阴。"

白鹤迁徙

颠沛流离被描绘成

美丽的嬉戏

浅水滩头的衰草

是你累了的栖息地

你哪里知道

可恶的猎人

早已把枪瞄准你

荒诞的故事

一次又一次在枪声中响起

圣洁的羽毛

爆炸为芦苇花

悲哀的悲剧

因谁而起?

太阳和我

二十几年前,

我背着太阳上山,

又捧着太阳下地,

一起背着太阳的还有——

母亲和红着眼的老牛。

二十几年来,

太阳离我很远,

早晨她把我拉成面条,

晾在西边;

傍晚又把我染成枯黄,

泼洒在东。

中午时分,她想把我揉成一团,

但我缩在空调房间里,

她无计可施。

如今的我——

想让她强奸我,

却掀不动衣衫,

迈不出门。

峰之悲

山的原型本是一个大馒头

岁月的风雨撕开了道道山口

从此就有了山峰和山谷

从此山谷就开始仰望山峰

山峰就仰望苍穹

登峰造极的对峙中

谁也不想平庸

谁都想删去伤感的细节

以绝对的高度站成风景

云雾缭绕中的神秘

烈日当空中的尊严

看似伟岸无比

其实只需要一声呐喊

就能检测出它的脆弱

揭穿出虚伪

不信，你听——

"咿咿呀呀"的哭声

正拨浪鼓般地荡来荡去

湖水的心事

春风轻拂着湖水,

似久违的情人。

春燕衔来明媚的春光,

轻盈一吻,

湖水激动着说出一圈又一圈的心事。

湖畔的垂柳醋性大发,

拼命伸展着瘦长的手臂,

想抚平湖水的情绪——

"燕子,你只是过客,

春风也朝三暮四,

只有我才是你不离不弃的恋人。"

欢快的鱼儿冒着泡儿,

戏弄着柳枝——

"就你,也想恋爱?

鱼儿离不开水,懂吗?

我才是她真正的伴侣!"

夏　天

梨花落尽月又西

燥热一袭胜一袭

过了端午

汗水便更多地凭空消失

六月，满载着嘈杂和不安分

只有夜特别深的时候

沿着梦中的荷塘

回归

只有这个时候

记忆中的荷叶开始清香

村庄的气息

清新而恬静

四周林木葱翠

清风袅袅，蝉声归隐

这一刻，世界是多么纯粹啊！

田园、流水、炊烟

简单而美好

夕阳下

牧童的短笛幽雅而久远

玉米苗的拔节声如此动听

栀子花香一浪漫过一浪

七月，乡村是潮湿多雨的

润色着过多的纯朴和善良

剔去一份经久的罪恶

我便在一片宁静的夜色下心安理得

还有什么比心灵深处的这份安详更重要呢？

且低下来

轻下来

倾听，更多的声音

比如爱

比如真诚

不远处，还有成熟和希望！

写不出诗意的浅笑

月是夜中最大的闺女

是最忙的人

每晚 为了安排众多星星妹妹的演出

一路穿过云娘娘设置的重重障碍

所以 你见到她时 她都累弯了腰

一月当中只有十五十六这两天

你才能看到她圆圆的笑脸

因为有些妹妹在后台补妆 或者回娘家睡觉了

若是哪天云娘娘不高兴 板起脸来

所有的演出只得取消

如果云娘娘要撒尿 月亮姐姐还得拼命跑

有时 爱吃醋的雷公公 还不时打起手电

霹雳地乱扫 这个时候

再有才情的诗人 也写不出

诗意的浅笑

昨日歌

昨日覆昨日，

昨日究几何？

昨日志凌云，

今日舟枕漠！

欲将砸开昨日锁，

无奈江水倒流河。

忽见两鬓白发生，

明日没有昨日多。

功过是非成败定，

但求来世莫蹉跎。

乌　鸦

大年初一的乌鸦

你是造访我的第一个

客人

酷爱吉祥的人们

让无家可归的你

流离失所

无处藏身的你

只得早早地

在我的窗外守候

你本是诗意的造物

在日本

你是神的化身

但———

在这里

你是灾星

只有我为你开门

迷信的误读

曲解了造化

你深深的呼吸

富有灵性的话语

与好大喜功格格不入

夜郎自大的鹰

内心恐惧你的光临

诅咒"乌鸦嘴"的骂声

让你黯然神伤

其实

我知道

若不是肩负着特殊的使命

你早已远离了它们

只需轻轻一跳

也能腾空而起

归去吧

在那棵枫树的枝杈上

有只属于你的窝

今后

不要一大早就出门

可怕的夜

闷热的空气

在黑色中凝滞

一种窒息的静

在西边撕开一道血红的伤口

堕落的世界

在上帝的诅咒中

一个阴谋诞生了

一只游弋的山鹰

刚在悬崖边的树杈上栖息

不远处的树丛中

两个烟头的红光构成——

一对罪恶的眼睛

一声枪响

击中了山鹰的翅膀

"扑棱"声中又一声枪响

山鹰失去了光明

红色的烟头

发出朗朗的笑声

悲剧在笑声中验明正身

绿色的小草

曾经扎根河畔

曾经绿意盎然

也曾枯黄一片

在这个春天

我还是一株小草

一株刚刚冒出地面的草

暖风吹醒了我的双眼

雨露润湿了我的心田

我又来到了人间

没有伟岸的身躯

没有鲜艳的容颜

更没有背依的大山

在这个春天

我仍是一株小草

一株仍需自立自强的小草

稚嫩的双手紧握着泥土

含泪的笑脸仰望着蓝天

我要奏响生命的春天

有过成功的追求

有过激越的豪言

更有了长夜孤独的呐喊

在这个春天

注定我只是一株小草

一株必须破土而出的小草

弱小的身躯引不来青睐

平庸的绿意勾不回华年

但我已经满足

因为 我还是绿色

不相信

不相信，世界就是这样

明知道——

有的时候必须低头

有的人必将成为对头

有的东西注定不能长久

但心里依然嘀咕——

一千个选择之外

也许还有一千零一个可能

于是

在黑夜中

打开一扇窗

希望一束光走进来

不相信，世界就是这样

通向地狱的路也有善意

山那边一定有水的故事

情和爱还可以分离

听别人说

云和风本来就是亲戚

萤火与蚊子

黑夜吞食着

萤火

可怜的虫子

不得不忽闪忽闪地 挣扎着

蚊子边走边唱

热恋着我

防不胜防中 又咬了我一口

我不得不四处逃跑 躲闪着

追逐的不都是朋友

我终于懂了

收集萤火

点燃海子的麦秸

烧一把

野火

不再等待

曾经,坚定地认为

在某个夏日的午后

你 会出现在我燃烧的视线里

结果,蝉走了

你没有来

叶落了

雪降了

我空荡的眼孔只有白色的灰烬

不过 我依然相信

明年的春天

你会裹着一身绿色

出现在我守候的窗口

结果 树倒是绿了

我的窗口还是没有一点点颜色

一年过去了

两年过去了

也许 也许

怕见我落魄的样子吧 我想

你也许会给我一两颗滚烫的文字

至少 在寒冷的夜

能 焐热我冰冷的手

三年过去了

四年过去了

如今已是第五个年头

心中的那份期许

化作窗外的冰

或许是我误读了 过去的你

如同你误读了 现在的我

或许我们之间　从来

就没有真正读懂过

雨丝 再有诗意的雨丝

也只是雨丝

做不了纤绳

雪人装扮得再美丽

也只能生活在童话里

思 乡

依偎在月的臂弯里

打开记忆的星空

清辉袅袅 如故乡的炊烟

熏红了我的双眼

更似母亲迎风凌乱的银发

摩挲在心间

数不尽的曲水流觞

听不完的鸟语虫鸣

定格在故乡的背景里

每一个碎片都有娘的声影

苦楝树下的老牛

门洞里钻进钻出的大黄猫

我就拜托你们了

在我归去之前

替我把我的老娘守护着

记得每天把她叫醒

雪过天晴

今日的阳光

被雪打扮得刺眼

高低起伏的笑

令人不敢直视

盛开的梅

暗香浮动

想踱步室外

路上缀满冰凌

其实 花儿已在昨夜的梦中开了

再去赏它

多了白色的胡须

何必呢?

不是抒情的告白

一

终于有了明确的归期。船票捏在手里。

阳光缓缓西去,夜幕又将为我开启一个熟悉而陌生的舞台。

或许时至今日,我还没有真正懂得:

一个人,一生中到底需要多少谎言的妖娆,

孤独的虚无,

才能拥有可以尽情倾诉的一日浮生。

我似乎听见时间旋转的脚步声。

此刻,只剩一地的静。

打开内心的旷野,是什么关闭了我身体的黑?

我相信,郊外已经枯了的野草,

会一天天醒来。经过春风的浆洗,

会一天天地把秋天抬高。

影子在心里,太阳在天上。

嘘——

请保持安静，千万别吓跑了影子。

但大厅里老式电视机又我行我素地发出紧跟时尚的声音。

也许，我的确缺席太久，总觉得：

那雌雄难辨的娱乐声酷似营养不良的咳嗽，带着

岁月的白，时代的疲软，而你的歌声却远在千里之外。

枫叶远飘，漫山的红，让我窥视到了秋天高贵的血统。

但是，我不想说……

二

难道，思念只能在键盘上独舞？

我知道，总有一些事在不可控制中消失。

风吹桂落，像一些细碎的光阴裸露骨殖的白。

曾经善解人意的你，还会把它一一拾起，

在往事的门楣上贴成一盏灯？

远景无限。风终于吹响躲藏在眼眸背后的黄昏。

我把你的名字握在手心。

如同多年前，我每天拨弃的佛珠。

神明的钟声吹皱海水，
九个太阳呈现出澄澈的高贵。
你的静，你的净，你的火焰，
足以使这个秋天结出糊涂的爱。

三

我看见一抹晚霞，猫着腰，一拐弯不见了，

不可预知的菲菲雨雪突然光临，

是暗访？是视察？是指导，还是送温暖？

冷，就这样猝不及防地诞生了。

南飞的雁，驮走了星空。

一次次无力的呼唤，在心里抽泣。

冰冷的显示器，散漫着雪花。

久违的美丽，在极目之外。

久违的温暖，在感应之内？

夜，又困到深处。

我端坐着，忘记前瞻，保留回想，像一块沉默的石头。

多年前，豢养的豹子，九死一生后又发出急促的呼吸声。

我曾经祈祷过灰飞烟灭，但又渴望它能

吼叫，奔扑，喜悦，愤怒，

但这又谈何容易？

每个寄生于世的人不是一件寄存的包裹，

有着过去和未来交织的现在，

籍贯，身份，血缘，言不由衷的谎言，

爱和欲言又止的悲伤，嫁接成出墙的杏子

不要去怀疑有没有人嗅到红色的香？

谁都不是谁的另一半，

但固执的我依旧会在寂静的夜把你一张张复印，

一页页缓缓地读。

四

在一首诗里，企图打开一条河流。

芦花飞白。芙蓉涉江。我多么想，

搓洗干净笑容，逆流而上，隔着流年陈影，

追溯一片锦瑟的辽阔，倾听雁唱黄花，

寻觅血液的另一个出口。

以时光为镜，往事何谈悠悠？

三千里浮华。三千年梦魇。

是的，胸有三山，何必苦寻桃花岛？

风景本就在窗内。水无色，山有形，

让我以笔为筏，横卧在绿色的湖水之上，

写你的名字，画你的背影。

接近水，才领悟彻头彻尾的"上善"。

红尘已远。我不想惊动山鸟，只想

岸上织网，水中采菱，做鱼的学生。

一睁眼，一尾在南。

一闭眼，一尾在北。

第三辑

情义无价

(古体诗)

一、亲情·爱情

遣　怀（十首）

一

草木入秋渐作哀，

唯尔赤心傲霜皑。

不见梅花不自弃，

自古清香孤寒来。

二

离别鸠兹七年多，

不堪人事日萧索。

唯有竹园小溪水，

归日不改去时波。

三

故园南望雾重重,
幼女学书谁相送?
忽传玉人来相见,
双袖拭目急匆匆。

四

九成无处不飞花,
三餐寒食粥作粑。
以人为本中国梦,
歌舞升平红灯纱。

五

君问归期本有期，
昨夜东风忽转西。
强说欢期无舟楫，
共剪幽烛谁吹笛！

六

魂断三人伶仃行，
身孤九成白鬓生。
故人六载如隔世，
枫叶一片赤子心。

七

春雨霏霏草萋萋，
莫愁女去鸠兹立。
无情最是镜湖柳，
依旧亲吻陶塘堤。

八

夜阑人静心又哀，
遍地月光独徘徊。
翠竹西楼人何去？
湖畔老柳牙未开。

九

江南江北一江水，
墙内墙外不同春。
来时红叶层林染，
去日白发如霜生。

十

春盛百花秋酌月，
夏习凉风冬枯枝。
四季轮回无穷日，
一树红叶为谁痴？

咏 梅（四首）

一

雪伴孤芳不自哀，

枝俏月影共徘徊。

他年执得青帝笔，

满地春衣任尔裁。

二

天资清绝禀芬芳，

冰心淡蕊映寒霜。

万人曾颂一航诗，

千载不改五色妆。

三

残雪凝辉梅无踪,

销魂春泥情独钟。

醉卧兰亭梦难唤,

心碎落红又思枫。

四

血染娇容玉玲珑,

孤艳枯枝向寒空。

余香零落归何处?

半入青冢半随风。

秋　怨（八首）

一

深秋孤岛草萋萋，
赤枫落叶无力枝。
奈何有家归未得，
大雁枉写人字意。

二

秋风叩窗夜心寒，
枕衾染泪无袖衫。
沙飞叶落风声唳，
梦回故里山河远。

三

开轩薄暮笼青砖,
极目远方啼难唤。
夜半风起急促雨,
鸠兹西畔翠竹寒。

四

风拂丹桂经幽兰,
枫红浸染烧云山。
虫鸣断续隔秋夜,
永怀此节思故园。

五

霜沁枫赤杜鹃血，
雪雁逆风传新帖。
最是一年萧瑟时，
北国梅子应枫歇。

六

落叶不知秋意长，
经年方觉世态凉。
枫林因霜报红颜，
虫草歌舞添清狂。

七

忽如一夜秋风起，
片片浮萍鸟哭泣。
只因唯有恢罗网，
抛与空中共栖息？

八

秋临江南雁成行，
露草逢霜思夏阳。
蕊寒香冷黄金甲，
逆来顺受情义长。

节日感怀（九首）

清明节

雨梳杨柳声低吟，

别样风情别样阴。

文章老去向青冢，

清明又至泪满襟。

端午节

晨钟清远叩轩台，

彻夜未眠屈子怀。

谁解佳节思亲苦？

阵阵粽香越墙来。

中秋节

落花飞舞影飘零，
何故未闻流水声？
仰面苦寻云中月，
更添愁绪几分阴。

除 夕

爆竹声声惊雪心，
飘飘洒洒似怀春。
乡思催我双鬓白，
落花流水岁无痕。

冬 至

冷月临池洗客心，
客心沸极反至平。
梦中惊起向故道，
故道何日见履痕。

元宵节

不见花灯不见月，
暗风吹雨入窗侧。
又是一年上元夜，
等是有家归未得。

寒食节

雨中禁火孤壁寒，
茅亭宿影笔下缠。
欲将老柳着绿色，
泪落素纸点点斑。

儿童节

滨江翠竹击晚钟，
绿蚁红泥渐朦胧。
唯见西楼灯未亮，
小女抱膝望星空。

母亲节

春念三桥白云亲,
秋锁九成黑水邻。
夏别三山旌旗断,
冬藏一叶大地心。

梦中山陵

昏昏日月观幽园,
沉沉肝胆供苍髯。
我劝天公真抖擞,
惩恶扬善立正幡。

春　怨

滨江竹翠春意浓，
蝶飞燕舞尽从容。
可怜西楼伶俜客，
夜半孤灯影匆匆。

夜　凉

夜半推窗月如霜，
平添惆怅夜更长。
欲把相思寄羽翼，
又恐伊人添忧伤。

秋　殇

冰轮又至秋中央，
满腹酸辛积心房。
暂把苦酒对月饮，
只盼归时泼茶香。

枇　杷

冰轮半挂照枇杷，
一地清辉拓窗纱。
急转恨无马良笔，
枇杷树下饮琵琶。

晚　秋

残阳吐血洒西楼，
流水梳草虫添愁。
向来朔风敌暖意，
满眼萧条又晚秋。

早　春

犹记镜湖早春波，
素面红颜向天歌。
多情岂是春意闹，
久别入梦南柯多。

春　愁

又见红桃伴梨愁，
蜂鸣蝶舞戏枝头。
小雨作诗敲西窗，
老柳萌芽向东楼。

春　怨

杨柳吐绿唤新春，
幽幽一别六年整。
双照无痕何日梦，
愁煞鸳鸯语纷纷。

春 归

寒风吹雨送春归，

桃李榆杏竞芳菲。

幽窗几度遗暗香？

唯有翠兰能纫佩！

倒春寒

一夜风起倒春寒，

晨起推窗满地残。

昨日骄阳白煞眼，

几粒清泪梧桐斑。

月下操练

九成冬长净无埃，
雪雁纷飞把雾裁。
星月底下光头过，
疑是葛优在彩排。

忆玉龙雪山

玉龙险峰长白头，
丽江曲水无高楼。
心归物外树为屋，
情断无解雪作丘。

夜雨急作

一宿秋雨风萧萧，
卧听狼哭转心焦。
小女最怕北风狂，
玉人静坐恨难消。

枫　心

枫叶含霜对月吟，
谁解赤子玉壶心？
非我傲世不随风，
只因虫草冤未申。

悟

朝朝红豆和风栽,

夜夜青灯相思裁。

云山望断无重数,

鞭赶日月声声哀。

归 虑

来是风尘去匆匆,相见无语泪满容。

千言万语唤不出,书被催成墨未浓。

暮雨淅沥路难行,归途漫漫思犹重。

翠园六楼灯亮时,孤岛九成几更钟?

2011年除夕感怀

满腔热血洒鸠兹,刚正不阿唯求实。
木秀于林风必摧?初心不改翠满枝!
睢眦蛟龙点暗火,当权叶公丧良知。
吞炭吐雪冰心在,是非善恶后人识。

2012年除夕感怀

佳节已从愁里过,以泪当酒枕边喝。
江南江北归不得,四十五载梦坎坷。
龙门旧院鞍马稀,鸠兹楼台空中阁。
浮生倚岩心憔悴,昭雪怎奈日萧索?!

2013年除夕感怀

羁旅天涯犹为客，囚禁海角寸步难。
犬吠哇喧如隔世，晨炊夜拥抱梦圆。
北门锁钥谁持重？老父苍颜八十三。
采薪之忧无人诉，夜夜泪雨湿江南。

2014年除夕感怀

雪挂枝头冷银河，雀守空巢养寂寞。
碧血丹心今犹在，朝令夕改梦蹉跎。
半生孤眠飘摇尽，唯将迟暮供枫火。
行人休问当年事，坐看风云起拜佛。

2015年除夕感怀

梅红雪白辞旧岁，一家三地迎新年。
幼女急唤看烟火，焉知母心苦如莲。
敛愁强欢上楼台，心随明灭东西牵。
西方我儿读书紧，东边夫君又独眠。

若非去年倒春寒，六载离别今已圆。
唯愿清明无阴雨，端午节前小麦黄。
不求荣华金翡翠，汨罗江边共把盏。

2016年除夕感怀

岁暮钟声割客心，寒空银钩勾别恨。
故山永夜鞭炮煮，缧绁之身黄连饮。
妖言毒舌伤桑梓，妻离子散难为情。
梦里犬吠扣柴门，双亲守夜白屋贫。

清明感怀

清明又至泪沾襟，老冢新土添何人？

高墙里外双挂牵，万壑千水隔亲音。

青山西望起墨色，长河东流拒客心。

但愿他日平安去，泪洗青碑犹旧文。

春夜言怀

依窗望月空悲叹，映水藏山为哪般？

当归茴香虽良药，有方无钱亦枉然。

身已伶俜七余载，细雨老柳伴客寒。

蓦然回首当年事，梨花满地片片残。

中秋感怀

霜欺枫林已数秋，赤叶无斑频招手。
松菊犹荒三友径，诗词不堪四季愁！
晨执柯斧作伐去，夕点寒灯守空楼。
八载一梦难自信，九死一生终聚首。

相见难

枫吐嫩蕊草始青，雪融春江水无声。
欲借春风寄柔肠，忽见小雨伴母行。
骨肉分离已五载，襁褓小女已着裙。
三十分钟一秒过，流水无情草自生。

思亲赋·父母恩

王者归来当做主，强手林立何所惧！
文攻武斗割尾巴，解甲归田斗物华。
坎坷一生英雄气，半生鲁班半庄稼。
自给自足三分地，终隐南山护荷花！

夏日荷花香十村，冬藏淤泥几人注？
高风亮节广积德，逆来顺受为儿女。
奥迪宝马身外物，如来观音心中烛。
扶贫济困数十载，方圆百里谁不许？

春风化雨润万物，桃红柳绿龙飞翔。
秋日丽阳结硕果，竹翠萍淑业祥和。
秦汉晋唐祖国秀，普贤文殊地藏王。
父母恩泽子孙记，代代相承万年长！

思亲赋·晋氏情

汉文皇帝登燕台，红日高照黄伞开。
依山傍水亭阁秀，竹翠兰芳满园彩。
江河入海浪淘金，英雄乘龙雨作云。
三晋云山皆北向，半生风雨自西来。

呕心沥血鸿鹄志，六月雪降断前程。
男儿坎坷本无悔，唯愧亲人霜满怀。
魂牵梦绕镜湖柳，谁人不起故园情？
岳上有知惩逆贼，地藏菩萨显真灵！

待到王者归去时，举杯同庆熙和日。
众志成城建家园，风雅成趣写深情。
明月朱颜枫林秀，繁花似锦婀娜影。
梅兰松竹琴棋画，饱读诗书笔无尘。

一文一武合为赋，一张一弛献毕生。
孔孟于陶刘关张，古圣先贤奥旨深。
勤勉持家和为贵，心与流水同清净。
后使诸君多努力，捷报频传慰先人。

盼　归

今日不乐思竹翠，身欲展翅铁窗闭。
佳人寂寂隔秋水，头倚栅栏望月悲。
青枫叶赤霜不顾，影动如刀绞心扉。
七载孤灯怀抱枕，千斤重担一身背。
风波不信红叶弱，枉为夫婿英姿摧。
若非情深意念挚，香叶早已随风飞。
昨夜又梦豺狼叫，贞洁岂容恶魔毁！
冥冥孤高多烈女，世风日下更难为。
艰难苦恨繁双鬓，何日聚首尽余杯！

荷花怨

荷花亦莲名菡萏，依水而居叶如盘。
芙蓉本名木芙蓉，根扎山林灌木丛。
世人不辨真和假，错把芙蕖当芙蓉。
敬谢不敏了无益，怎教莲子心不苦！

长相思（七言乐府）

一

长相思，在鸠兹。

青枫赤叶霜满枝，

孤灯暗影挨冬日。

朝起牵幼读书堂，

夜归扶长卧榻迟。

白发早生铅华弃，

雨卧飡风尽寒食，

飞花落叶皆如刀。

吞污纳垢门前池。

谁知含愁独不见。

长相思，到何时？

二

杜鹃轻啼满园红，翠鹂穿梭绿草丛。

白云亲舍荆扉困，赤枫青叶向远空。

一自南冠昏天地，十载北风扫西东。

愧对良人怕见钟。

终夜鸟声碎，整日人影重。

不怕云鬓白，只盼萱堂怨酒浓。

孤居言怀

日夕平添愁绪，月圆更生别恨。

屋漏老母唤谁？车喧幼女咋行？

花开良人未知，雁啼孤客先闻。

六载别离两恨，三世难报一情。

咏　妻（三首）

一

此女非凡女，红枫本是枫。
贴面闻香气，犹似黄山松。

二

此妇非凡妇，中秋亦是秋。
举头望明月，星月不同流。

三

此母非凡母，忠节更是节。
养幼扶老累，守身心如雪。

雨　殇（三首）

一

故道雨似烟，车行水飞溅。
犹记抗洪景，九八正少年。

二

桃汛连梅雨，九成百日哭。
别乡已七载，不归反入庐。

三

昨日车作舟，遭我入庐州。
远乡思更切，近蝉恨高楼。

雪　愿

冬雪又送棉，遥看天地连。
长愿随风去，白首共缠绵。

北　望

翘首北望去，烟波总茫茫。
不敢高声语，恐又雪霜降。

心上人

寒霜染秋身，熬红枫叶心。

红叶不离枝，苦等心上人。

雨夜思

窗外雨缠绵，灯摇夜色颤。

别乡已六载，只恨舟无帆。

情人节

千人静戚戚，三口语纷纷。
今夜无花送，添忆第四人。

敬 老

观海悟浩瀚，望云知卷舒。
常览古今事，觅寻尊虚无。

怀 古

昨夜风满楼,雾起难行舟。

岁月催白头,雁过又一秋。

晨 雾

晨雾似烟笼,缥缈觅征鸿。

轻风吹不尽,须上九阙宫。

断肠人

菊黄枫叶轻,夜深玄月沉。

独对繁星语,只为断肠人。

七弦琴

手触七弦琴,再无流水音。

心飞千里外,可怜坠楼人。

雁（三首）

一

客孤雁行早，灯寒梦泽深。
云雨不知己，赤枫是红颜。

二

枫红茶香远，柳瘦眉色淡。
一汪清秋水，雁过添浩叹。

三

朔风伤往事，登高腿已残。
试问南飞雁，何日破镜圆？

红 豆

一江两地分,红豆纸上行。
播时泪催发,收日枝叶盛。

除 夕

烟花舞满天,爆竹不戒严。
一家三分地,两泪入杯浅。

中秋夜静思

九成一冰轮，万户含泪看。
秋风吹不动，难舍骨肉情。

会见难

月映铁窗浅，思亲泪如线。
凝望铁门外，墙隔难相见。

雨中会见后感怀

雨过三山翠，荷盖孟湖擎。

斜日送母子，清风歇晚亭。

往复整五载，虫草皆知音。

寄卧孤岛久，何年脱此身？

自　嘲

世事多艰难，人情最难书。

功过凭眼色，胜败如月出。

有病终问药，无聊始读书。

是非后人论，置酒倒骑驴。

端午夜叹

端午夜未央，窗外枇杷黄。

枝繁叶如扇，自舞弄清狂。

今夜月如钩，鬼聚汨罗江。

弊绝风清远，碧血丹心伤。

深秋怨

枫叶影飘飘，枫枝音杳杳。

枫树心瑟瑟，枫林景萧萧。

凄凄离别情，寸寸草知晓。

切切躬身接，分分当秒秒。

结婚廿二周年感怀

又到八月八，枫林始红花。

犹记伴娘羞，新房偷试纱。

焉知廿二载，女大欲论嫁。

六载参与商，相思催白发。

感此离别恨，肠断难复加。

东海扬尘日，胯下识途马。

别　怨

目送高墙断，心随车轮转。

疏雨路难行，小女莫贪玩。

西楼灯亮时，梦里报平安。

半生赋

生于王屋山，飞落鸠兹丛。

得意晋江水，助我采飞虹。

登高翠竹园，驰骋文武中。

可恨六月雪，英姿顿销容。

众鸟随风去，唯有枫叶红。

呕心扶门类，沥血思雨浓。

虫草春秋念，还我娇芙蓉！

花开且花落

月残依旧行，云破花弄影。

世无十全事，心宽天多晴。

祸福总相依，坦然相对饮。

花开且看花，花落读古今。

顺逆皆是客，莫学武陵人。

问苍穹

青青竹中竹，含露迎日出。

漆漆长夜长，拂尘同月孤。

新笋倒提笔，点点向天书。

浮云又蔽日，何处追夸父？

生日感怀·农历十月十二日作

素有凌云志，把剑斗苍穹。

百年六月雪，蝉鸣罗网中。

孤寒七载泪，霜枫七度红。

天命送我归，白首共林枫。

寄爱人·农历十一月五日作

翠园有佳人,风华胜柳风。

春绿江南水,秋染山西红。

时有蜂蝶绕,所思在远空。

冰心非一日,经年更从容。

习王羲之《兰亭序》七载有感

南冠无良伴,日长夜更苦。

兄寄《弟子规》,妻送《兰亭序》。

晨起摇笔橹,夕拜会心烛。

魏晋风骨硬,汉唐颜柳许。

笔笔怪石飞,字字狡兔呼。

洛阳纸常贵,泼水向壁书。

狼毫根根断,黑发寸寸枯。

寄卧铁窗久,何日临池舞?

月下秋风歌

枫叶遇秋风，霜降格外红。

聚散伤离别，相思夜更浓。

回首揪心处，正是人静时。

虫草落春秋，冷暖更自知。

蜕变在冬夏，铁鞋破寻觅。

寂寞香冢后，冷落鞍马稀。

枫叶唤虫草，月下风是歌。

世态多炎凉，岁月倍蹉跎。

汝心即吾家，爱流终成河。

虫草托风语，枫叶莫婆娑。

唯愿多珍重，天涯伴你我。

吴刚神秘笑，嫦娥送秋波。

千年激荡后，还与君再约。

九月十日食橘感怀

才食中秋月，又吃青黄橘。

酸甜苦涩忆，词臣贤相误。

入监过五载，是夜本不孤。

无奈风云变，归期雪中雨。

白发双亲至，只得谎言顾。

苏轼今何在，怀橘托梦否？

梦回故里

玉露金风起，欣然入故里。

红叶铺山岗，白云戏鱼泥。

缓步小河曲，回眸稻浪稀。

一声娘亲唤，梦醒泪水滴。

五言集句·本命年遣怀

余学唐诗近五载，常为唐人绝妙之诗句而流连叫绝，又为相隔千年之共悲而自哀。逢本命年，作遣怀诗若干仍无一吐为快之感，实乃才疏学浅之故，于是集唐人之五言，分春之云、夏之蝉、秋之枫、冬之松四部，每部五言24句，共96句，正所谓"夫子莫下泪，千秋万岁名。我心素已闲，徒此挹清芬"。是为序。

一、春之云

长江一帆远，落日五湖春。
春色来天地，浮云变古今。
江流天地外，荡胸生层云。
欲穷千里目，会当凌绝顶。

大笑出门去，梅柳渡江春。
四顾疑无地，万里望风尘。
益重青青志，遗言冀可冥。
宁为百夫长，胜作一书生。

三杯吐然诺，五岳倒为轻。
慷慨倚长剑，精神驱五兵。
致君尧舜上，再使风俗淳。
气蒸云梦泽，波撼岳阳城。

二、夏之蝉

十年磨一剑，事修而谤兴。
江暗雨欲来，艰危气益增。
魑魅喜人过，迷津欲有问。
五更疏欲断，一树碧无情。

无人信高洁，风多响易沉。
露重飞难进，谁为表予心？
运命唯所遇，循环不可寻。
落叶他乡树，寒灯独夜人。

近泪无干土，低空有断云。
山河频入梦，谁复语临汾？
孰云网恢恢，端居耻圣明。
琵琶作胡语，怨恨曲中论。

三、秋之枫

秋风入庭树，孤客最先闻。
水落鱼梁浅，天寒梦泽深。
空园白露滴，孤壁野僧邻。
野寺来人少，家书抵万金。

掩泣空相向，乡泪客中尽。
有弟皆分散，无家问死生。
乡书不可寄，儿女共沾巾。
坐久落花多，何年致此身！

危城三面水，用破一生心。
白发催年老，归心对月明。
多病怕逢秋，恨别鸟惊心。
明朝挂帆去，枫叶落纷纷。

四、冬之松

挥手自兹去，青天无片云。
相迎不道远，寸心言不尽。
世事波上舟，山川空地形。

含愁独不见，月是故乡明。

别来沧海事，语罢暮已昏。
人事有代谢，长江独至今。
鸟背白运来，岸叶随波尽。
坐观垂钓者，空知返旧林。
寒山转苍翠，良人罢远征。
相携及田家，独立三边静。
对棋陪谢傅，把剑觅徐君。
长歌吟松风，白首卧松云。

二、师恩·友情

寄恩师高理王七十寿辰

月近高楼桂芳芬，

烟生沧海天宇晴。

峰回路转育俊杰，

玉垒浮云理古今。

寄老领导程晓苏

雄鸡一叫天下晓，朱颜尽开登程早。

心系南陵勤为本，主政一方山河笑。

国企攻坚用心苦，紫苏白苏皆入药。

高风亮节淡名利，情牵桑梓渡春潮。

题赠尊师曹佳凡

三国枭雄当三曹,千年佳人输二乔。
文韬武略振重机,鹤立鸡群领风骚。
心系春秋凌云志,饱经沧桑诗作巢。
坐看风云薄名利,气度非凡种桃李。

寄赠尊师张克俭

我有恩师一棵松,克勤克俭两袖风。
为人师表真情注,宦海沉浮意从容。
归卧南山志犹存,有张有弛不老松。
梅兰松竹四君子,笑看风云世人颂。

题赠友人刘萍

萍水相逢新芜路,芙蓉娇出旧阁亭。
两足登楼似击鼓,五指盘珠如弄琴。
一湖银光泻滨江,三山夏木转绿蘋。
几经辗转逢秋色,十年民政鉴冰心。
逢八多见新人笑,入九方知旧屋贫。
百姓冷暖非小事,万家灯火乃大明。
最忆桃园刘关张,何日再闻哭砂声?

题赠友人王龙木、晋春梅夫妇

一夜秋来人不觉,万家春至梅先知。
莫道红梅报春早,须知馨香苦寒来。
晋家小七初长成,哥嫂儿女已成林。
亭亭玉立天使梦,飒爽英姿橄榄情。
回眸一笑军心乱,惜别三江鸠兹行。
日照画楼花气动,云藏古木引蛟龙。
廿年青春洒热血,不堪人事日萧条。
海阔天空花中趣,自在流行槛外云。
直道强说了无益,未妨浅唱梅花吟。

题赠友人黄为群

三山黄鹤湾沚行,群鸥翩翩翅为琴。
韬光养晦志存远,重情重义好前程。

题赠友人孙跃文

孙文图志求民主,孙武著法意和平。
长江后潮跃前浪,指点江山笔无尘。

题赠学姐徐丽娟

徐徐春风拂面来,涓涓溪水润心怀。
丽容娟颜常入梦,他日相逢笑颜开。

题赠友人周金莲

易经一部周公著,金银二莲并蒂开。
后世百解意不得,万人争阅共徘徊。
巨浪滔天勇不易,革故鼎新求变易。
巾帼英雄活生香,一代基业美名扬。

题赠友人刘国祥、彭东风夫妇

独秀山南祥云开,彭泽湖北白鹤来。

东风不与周郎便,孔明借投刘公怀。

鸳鸯鸠兹戏西子,家和业进儿成才。

秀外慧中天使梦,春华秋实步瑶台。

题赠友人郑坤、程华夫妇

黄墩地缘独秀山,秀山天使尽黄花。

宜城庐州匆匆过,直取芜城作婆家。

相夫教子润无声,工贸并举拓文化。

锦江春色甲乾坤,郑和西程威华夏。

题赠友人陈明、尹险峰夫妇

山高人为峰,月明夜昊容。

道尹陈年事,商海露峥嵘。

男儿种楠木,天险斗苍穹。

置酒翠竹园,欢醉何须钟!

题赠友人姚宏喜、朱月红夫妇

三山宏图朱颜开,四海喜鹊捧月还。

一声二哥小五子,姚家红酒胜茅台。

题赠友人陈德华、钱芳夫妇（二首）

一

耳东芳草连碧丝，月西香樟低绿枝。
华夏崛起倚男儿，后庭贤德是钱氏。

二

钱塘江口千年潮，陈年老酒百里香。
最忆当年芳草绿，德艺双馨斗物华。

题赠友人魏巍

巍巍浮山坦荡湖,飞流直下光明布。

仁义君子乐山水,此情可待煮铜壶。

题赠友人王春、丁姣姣夫妇

云想衣裳花想容,春色满园诗意浓。

海霞东升有佳意,丁香西归子昊从。

千年修得同船渡,一生幸遇两佳人。

谁道破愁须仗酒,一壶春茶几杯分。

亲情爱情皆是情,舒姣本是同路人。

厚此薄彼非丈夫,进退自如真本领。

题赠友人朱金海、汪琳 夫妇

三山碧玉荻港来,四海朱颜尽洞开。

林深无路利剑扫,金戈铁马终入怀。

赠友人吕东阳

吕氏春秋万代传,诸子百家百花香。

百家争鸣儒道释,犹带昭阳照东方。

赠友人金玉峰

金阙晓钟画千帆,玉阶仙仗点三山。
峰回路转潜山来,雅怀妙虑纳百川。

赠友人靳大明

革故鼎新担千斤,激浊扬清为万民。
大鹏展翅指日待,金鸡鸣报迎黎明。

赠友人强健

初始才俊扶柳行，临江一战渐成名。
保定滩头强筋骨，京城归来健步行。
有胆有识凌云志，建功立业频佳音。

赠友人熊诗全

烈火熊熊炼真金，浮云朵朵笑古今。
诗从千言细筛出，情系万民全凭心。
肝胆与共数十载，心照不宣一片云。

赠友人赵敏

风吹荷花满屋香,赵氏泼墨做文章。
忽见案头纸翻飞,敏行不怠疾闭窗。

赠友人徐昌华

东风徐来万物苏,南陵急转志未酬。
繁荣昌盛中华梦,同济高才自风流。

赠友人杨根节

杨柳依依风中笔,根系默默穿地理。
审时度势真才俊,节节攀高荣梓里。

题赠毛庆松

毛家后山一雪松,根扎深谷万丛中。
珊飞蝶舞不动色,王者气瑞磊落容。
他日群玉见梁祝,定为真情所感动。

题赠江彬彬

彬彬有礼非张飞，气宇轩昂是刘备。

二乔风流婀娜影，关曹只得把目垂。

江山美人古难全，孙周得意孔明泪。

后世诸君思貂蝉，佳人入怀莫贪杯。

题赠程国跃

春深朱颜跃满枝，南国牡丹远程迟。

众友花烛瑶台现，神舟起航正当时。

题赠友人陈伟

陈酒老醋皆谷酿,高山峡谷共一江。
世人只羡高山伟,焉知低谷实为床!
水唯善下方成海,艺不压身勤为方。
天生我材必有用,之乎者也又何妨?

题赠友人任宽水

湖宽山远水中天,春风任意荷花鲜。
虎踞龙盘今胜昔,金珠银珠舞翩翩。

注:以上题赠友人之诗均为藏头诗,诗中均包含友人或友人家人之姓名。

三、世间情·无题集

题《题无题》（40首）

多情却似总无情，西边雨急东边晴。

今作无题添浩叹，身无舟楫竟何能？

孤岛听经寒冬草，空园扫叶深秋僧。

梦醒又起同道念，唯愿镜前四时春。

1

青春年华流水过，

神山一梦犹如昨。

若是当年功业建，

一汪秋水落长河。

2

谁言圣代隐者无？
残霞归山深浅去。
桃花源里陶公哭，
不忍子嗣变女巫。

3

夏夜银河星多多，
东海巨浪传欢歌。
若非紫玉太无情，
牛郎织女已婆娑。

4

夏木阴阴青云淡,

繁星多多织女单。

若非阿母假玉令,

牛郎儿孙已满山。

5

邓公南巡响春雷,

百舸争流百事非。

情系民生是根本,

中华美德不可摧!

6

王家小妹初长成，
琴棋书画艺卓群。
谁料世人多浮躁，
识破红尘隐深林。

7

秀山初识花未开，
滨江重逢整十载。
亭亭玉立风华柳，
前程宫锦贵妃才。

8

和煦春风细雨来，
无锡芸娘英姿裁。
春心不欺催白发，
榆钱花儿梦徘徊。

9

李白仙去酒喷虹，
长歌向晚泪蒙眬。
千年寂寞身后事，
幸遇杜甫梦相从！

10

云想衣裳杏想红,
秋雨不似春水浓。
北宗山水画墙外,
南国烟雨情难衷。

11

才艺轶群百花中,
蝶飞蜂舞意不同。
张灯结彩差强意,
梨花带雨落内蒙。

12

三国归晋思二乔，

回眸一笑旌旗摇。

天生丽质难自弃，

红梅报春含雪笑。

13

隋后唐宋元明清，

汉蒙羌满始大兴。

改朝换代帝王事？

民不聊生是本因。

14

韶光易逝雪易融，
青山不老云无终。
刘郎已去蓬山远，
红桃年年送春风。

15

丽峰险峰皆是峰，
远近高低各不同。
道尹府尹莫苛求，
凯歌醉绕明月中。

16

茉莉花细香幽长,
红白黄紫各芬芳。
最喜姣白入香茗,
刘家三姐歌更畅。

17

周氏一经千秋解,
金陵莲子为谁开?
潮起潮落平常事,
古今浮云终归海。

18

沁园春深红更浓,
最忆纳兰卢氏容。
人生若只如初见,
一个若自意无穷。

19

春光易逝水长流,
桃红柳绿年年有。
忽见晓镜两鬓白,
悔教刘郎觅封侯。

20

芙蓉本名木芙蓉,
花开红白落灌木。
世人不辨称荷花,
怎叫莲子心不苦?

21

胡天月下雁南飞,
东水西引塞草烟。
别时云肥枫叶赤,
回日水皱芙蓉泪。

22

骏马两眼总向前,
雪地一莲素面天。
冰清玉洁慧心在,
腹有诗书笔作鞭。

23

王者归来尽惆怅,
完璧归赵梦一场。
亲朋宽言频举杯,
敬谢不敏独赵娘。

24

东风袅袅泛春光,
彭泽湖水碧波荡。
祥云翩翩向西去,
三国孔明事刘郎。

25

种桃刘郎蓬山去?
相思又染桃花坞。
朝开草舍寻花露,
夜泛莲舟载梦语。
芳树无人花自落,
孤舟搁滩纸难书。
莫问桃园旧宾客,
半生已过病相如。

26

中溪浣纱洗彩云，
宫商角徵七弦琴。
利州南寻三千度，
五湖忘机独怜君。

27

雪净胡天桃李风，
水摇芙蓉日日红。
清香随波舟人醉，
莲子所思绿蓬中。

28

长忆钱塘潮,盐官一梦浮。

潮涌喷如雪,潮平温如玉。

世事如潮水,落英安得住?

焚香灵山寺,提笔成旧序。

29

笔下千般情,难点一盏灯。

星星眨巴眼,几时现黎明。

30

宗臣羽扇摇，三国风云潮。
杏园春浪暖，最忆是二乔。

31

平湖周无际，金秋无波涛。
美人巨石上，莲动胜春潮。

32

垆边人似鹤,沁园花正红。

浅草没马蹄,环宇不春风。

33

碧波荡舟轻,画意挽山明。

无意入沁园,环湖只一径。

34

垆边红叶稀，堤上雨点急。
沁园水欲漫，催我速向西。

35

斜阳茶色染，天气晚来秋。
朔风阻南雁，黄昏倍添愁。

36

蝉鸣向热情,波碧鸭溜冰。
忽闻老牛叫,何颜见双亲!

37

霜起叶更红,风摇根不动。
甘心守竹老,情系磐石松。

38

徐风青山梦，丽日蝉满枝。
菊韵歌婵娟，梅花冰雪心。

39

醉人芳香山中绕，江山美酒共志豪。
耻与桃杏争艳丽，愿逐隆声乐逍遥。
幽兰拂面风雨吟，玉洁凝骨疏影娇？
白蛇可曾怨许仙，三曹果真怜二乔？

40

浮云终日行，佳人总不至。
三夜频梦汝，日升不能语。
数次提笔起，红笺字模糊。
心有千万言，唯恐再生误。
静静子夜时，往事历历目。
黑黑六月雪，是非甚老鼠。
世人谁相知，冰心在玉壶。

茫茫人海中，唯汝念不顾。
曲曲江堤上，杨柳轻轻抚。
暖暖车厢里，倾听秋风语。
匆匆金陵行，三人食天宇。
杳杳鸠兹泉，沁声似燕语。
悲悲巫山难，夜半受惊殊。
戚戚心相连，超度后泣诉。
黄山西良子，银湖北面汤。
天门东梁山，地藏南阿无。
往事皆成烟，紫玉无情否？

第四辑

词

恋绣衾

我愿以寿换厮守,面对面,柔情似水。早同起,夜同睡。风雨中,同舟共济。

时人莫笑老夫狂,点秋香,我心我愿。半生过,孤眠长。求苍天,赦我归乡。

苏幕遮

夜无声,灯无眠。辗转伏枕,思念又启程。斜风淫雨雾连天,门户紧闭,竹影在何方?

急寻觅,姨姐处,正洗衣裳。泪挂两腮旁。我欲掏巾递云娘,一声长叹,手摸是铁床。

人月圆

铁窗四载心蒙霜,哪堪见月圆?嫦娥依旧,吴刚在旁,桂花无香。双亲安在?小女多长?妻已发白,兄有子孙,弟也不惑。我心凄凉。

如梦令

窗外小鸟叽喳,蹦蹦跳跳无邪。看似歌西风,眼盯黄枇杷。枇杷,枇杷,面黄憔悴回家。

卜算子

门外蛙声起,枕边泪湿巾。澳洲万里孤身行,为父心纠结。一月三地明,何时能重影?独倚铁窗啸一声,哇鸣声声紧。

恨无常

才相聚一刻,恨分离又到。泪涟涟,仰头看天空;心戚戚,如刀在割。计归程,坎坷迢迢。为见一面戴月披星行,寒来暑往不断。上苍啊,何时月圆人不残?

相见欢

冬日镜湖始相逢,情初开,春回大地。盛夏冰雹降,从此后,孤影。再相见,秋阳似血,枫经丝丝红!

诉衷情

冰冻三尺六载情,若非意念深,冰心岂在玉壶?苦了心上人。切莫说,我心疼。执子手,只与你共!不见痛心,见之心痛!

更漏子

风萧萧，霜烁烁，秋水连连奈何？孤灯旁，泪满巾，长夜何时明？

月如钩，星成河，目游心想叶落，叶落秋寂寞。云中事，雨中灯，只盼心上人！

浪淘沙

窗外雨潺潺，灯火阑珊。枫叶无奈秋风瑟。梦中不知夫在外，相拥欢畅。

月陷巫云中，一片惆怅。见不容易别更难。飞雪落花冬已至，多添衣裳！

琵琶仙·九成感怀

孩提时节，山野间，初识春风杨柳，潺潺溪水鱼游，美酒何处有？辗转中，繁华闹市，处处是灯红酒绿。云间跌落，如梦方醒，绿肥红瘦。

休纠结，蝶凄蜂惨；莫嗟叹，名利难就。不如躬身砥砺，初心向日月。画一幅，雪中红梅；唱一曲，浪子回头。渴时一杯清泉，切勿沾酒。

沁园春·九成

海天空阔，江水浩荡。小孤山旁，现九成回廊。四面环水，墙高三丈，电网林立，谁负千秋？祸起萧墙。欲把旧衫当纸钱，已错过，衣湿雨正酣。百结愁肠，独饮人生苦酒，怎忍看双亲泪洗面、妻儿闭疏窗？国要国法，家要家纲。前思后想，痛定思痛，谁复《河殇》？忍辱负重，试问汝路在何方？镣铐舞，夜半闪寒光。后世思量。

相思令

山一程,水一程,秀山锦江共一春。黄泥贵如金。

蹉跎年,华发生,往事不提问故人,我欲归龙门。

减字木兰花

远梦入侵,卧听细雨洗绿萍。枇杷半黄,无言春去独自伤。

蓬山虽远,刘郎寸寸把脚量。世事难料,千帆过尽仍惆怅。

如梦令

庐边龙湖长堤,沁园桃柳依依。忽见霹雳龙,骤雨直追琉璃。不急,不急,河东河西一里。

忆江南

晋江畔,星稀冰轮俏。端视梅子欲挥毫,春雷一声心旌摇。蛟龙又弄潮。

捣练子

王者归,双鬓白。艺疏手低群难戴。手执木剑写清词,无声无痕云自裁。

如梦令·寄柴静

天理民本民生,正道德政宪政。地乃万物母。锡文之困觉醒。谁省?谁省?美人涕泪柴静。

如梦令（三阕）

一

日暖催花千处，蕊娇暗香蝶舞。天涯梦惊醒。散落飞红无数。情路！情路！弱水三千难度。

二

雁过鸣声已远，雨起倚楼幽叹。何处诉衷肠？几年孤身零乱。秋怨！秋怨！露重更怜枫寒。

三

云山岩寺小溪，风弄瘦竹七夕。忽闻凤阳鼓，弃牛飞马英姿。铁骑，铁骑，大明河山万里。

如梦令·读柴静《看见》

张妙家鑫西去,双城创伤频复。天嫉英才虻。安克之殇汗颜。看见,看见!生死善恶一念。

蝶恋花

飒飒相催秋已老,漫山枫红,蝶梦知多少。酌酒一杯人悄悄,心尘乏力无须扫。对镜不堪华发早。翻检流年,不语无从道,拟把旧文作柴烧,三千灰烬随风飘。

临江仙

遥记镜湖初识,瑞雪绿衣枯枝。心似小鹿羞启齿。牵手廿五载,性情两相知。

回首白驹过隙,天命近在咫尺。欲向嫦娥借情诗,无奈月朦胧,虫草添相思。

浪淘沙·梦回鼓浪屿

怅别十余秋,昨梦重游。当年同舟笑郑和,几多追忆几处留?白浪银钩。

往事莫回首,青丝堪忧。泪眼朦胧寻归舟。物是人非水长流,雨恨云愁。

南乡子·乡思

寂寞闲云飞,凭寄乡思几度回。独守凄凉无限事。伤悲。多少离愁诉与谁?

梦苑洒星辉,抱月狂饮酒一杯。空载乡愁忆旧梦。风微。枫枝无力把悲催。

采桑子

暗香疏影影拓纱,梦里悲茄。轩外瘦月,赤叶飘飘归何家?枇杷树下饮琵琶。人在天涯,心透窗纱。遥寄花魂游浣纱。

柳稍青（三阙）

一

雨后清宵,月华满地。茶烟袅袅,信笔随书。圣贤翩翩,觉空悟远。

往事历历浩叹。久离居。孤岛一座,四面环水,阴风怒号,百结肠愁。

二

残月枝头,西风漫卷,凉透深秋。薄雾浓云,殷勤相顾,何处存柔?

故道溪水悠悠,明月下,归思若流。半盏昏灯,一壶浊酒,几许浓愁。

三

一双梧桐,轻烟笼水,月落繁红,杳渺云天。平轩独依,谁断飞鸿?

契阔聚首情浓。回望处,思量凝重。月影徘徊,一夜无眠,两地泪穷

捣练子（二阕）

一

燕尾剪，断朔风，翠竹节节向晚空。菊残桂落月心破，平添憔悴又一冬。

二

无语泪，柳低垂。日夜奔波苦为谁？几许温存只远梦，风中翠竹唤郎归。

忆秦娥·离愁

南来雁,半山梨花不着家。不着家,离别五载,离愁千万。是非功过烟云散,唯有丹心洗青纱。洗青纱,不愧屋漏,只怕天暗。

忆秦娥·情人节

情人节,花灯玫瑰同心结。同心结,短亭相会,长亭离别。年年祈盼共一呼。相思红豆与谁种?与谁种?片刻春梦,醒时冰冻。

诉衷情

孟湖夏夜闹蛙喧,无益心凄凉。蝉鸣似有若无。情禁泪又出。思绪乱,意万千。望云烟,沧海桑田。惨绿愁红,初心不古。

鹧鸪天（三阕）

一

青山如黛雨如丝。淝河悠悠柳新枝。蝉鸣萤火随风去,兰吐幽香报霜知。

四季循,七年孤。落尘之琴不堪抚。韶光飞逝青丝枯。幸有枫林作旧屋。

二

一河两地三处悲,区区百里只梦回。连理枝头无春意,头雪鸳鸯失伴飞。

伏案急,笔如锥,书被速成字如飞。又是一年中秋夜,双鲤迢迢梧桐泪。

三

九成蒹葭又白头,片片黄叶染乡愁。鸠兹三桥牵新梦,英伦学子志未酬。

频望月,空搔首。孤客心似泥石流。满目山河皆旧梦,何日天凉是好秋?

注:1.九成,地名,望江县境内;孟湖,地名,九成境内;鸠兹,地名,芜湖别称;龙窝湖,地名,芜湖市三山区境内;三桥,地名,怀宁县境内;龙门,地名,三桥镇内的一个村。

2.张妙、家鑫,人名;虻,即陈虻;安克,人名,《看见》中的一位外国友人;锡文,即陈锡文。

图书在版编目（CIP）数据

秋·枫叶·爱 / 王文武著 . — 北京：三辰影库电子音像出版社，2018.7
ISBN 978-7-83000-336-4

Ⅰ.①秋… Ⅱ.①王… Ⅲ.①诗集—中国—当代 Ⅳ.① I227

中国版本图书馆 CIP 数据核字 (2018) 第 086784 号

书　　名：	秋·枫叶·爱
作　　者：	王文武
出版发行：	三辰影库音像出版社
地　　址：	北京市朝阳区焦化路甲 18 号中国出版创意产业基地
出 版 人：	王六一
印　　制：	三河市兴国印务有限公司
开　　本：	787 毫米 ×1092 毫米　　1/16
印　　张：	17
版　　次：	2018 年 8 月第 1 版
印　　次：	2018 年 8 月第 1 次印刷
书　　号：	ISBN 978-7-83000-336-4
定　　价：	48.00 元

版权所有　翻版必究

凡购买本社图书，如有缺页、倒页、脱页，由发行公司负责退换